バイナリー彼女

宇佐川昭俊

幻冬舎
MC

目次

プロローグ

「やほっアキ君！　今日も利益出たよ！」

彼女は、天真爛漫な人だった。それでいて、投資で生計を立てており、写真を見る限り、ルックスも申し分なかった。

私たちは、普通の関係ではなかった。この物語は言わば、投資で高みを目指すベテランとヒヨッコの、成長物語と恋愛物語だ。

私は彼女に紹介され、バイナリーオプションという為替取引での短期投資を一緒に始め、彼女と共に時間を紡ぎ、投資の腕を磨いてきた。それと同時に、とても濃密な時間を過ごしたことは私にとってかけがえのない体験だった。今回、その体験を赤裸々に語るのは、

「一度やってみることの大切さ」

「すべてが上手くいかない大変さ」

「どんなときも前を向いて生きていかなければならない」

という私が得た教訓を伝えたいからだ。

私は幼い頃からいろいろな体験をしてきたが、いつも能動的に動いてきた訳ではないため、あまり良い結果に結びつかなかった。しかし、今回、

「投資を教わるんだ！」

と決心し、能動的に動くことで、一生忘れられない半年間を過ごし、その物語はまだ続いている。

もちろん、途中には困難もたくさんあったが、かけがえのないものをいくつも失ってなお、この体験は私の人生に必要だったと言える。

私にとっては、この恋が唯一の恋だった。それほどまでに何も魅力がない私を、彼女だけは愛してくれた。しかし、一度も逢うことのないまま、この恋は終焉を迎えてしまったのだ。

（1）

この話は、実話である。

私は、幼少期より、いろいろな人にいじめられていた。幼少期〜高校生までの私は、とにかく「人に怒る」という感情がなく、喧嘩になればいつも一方的にやられ、また、負けた相手に苦手意識を持ち、常にマウントを取られていた。

なぜ、私がおとなしいのに喧嘩に巻き込まれていたかと言えば、体格が貧相で（特に背が低い）気が弱いこともさることながら、発達障害の一種、「ＡＤＨＤ」であったことも一つの原因であったと思われる。ＡＤＨＤとは、注意欠陥多動性障害とも呼ばれ、

「落ち着きがない」

「計画性がない」

「協調性がない」

「集中力が続かない」

と一般的に言われているが、

「興味のあることには、異常な集中力を見せる」

「享楽的で、あまり悩まない」

といった良い面もある。

私の場合、授業中に席を立つことはなく、先生の指示を聞けないといった症状はないものの（先生は皆厳しく、怖いイメージがあったため）、授業中はいつも上の空で、授業に関係なく、楽しい想像ばかりしていた。

おそらく、最初は授業に聞き入っていたが、飽きてしまい、20分くらいで妄想の世界に入ってしまったのだろう。授業中に常に嬉しそうにしている生徒はほかにいなかったと考えられるため、おそらくは、浮いていたのだ。

また、今でもそうだが、言動や行動に気を遣うこと、周りを見て判断することが難しく、その点は先生によく注意されていた。特に、周りのことを考えない言動は、人を傷つけ、反感を買っていただろうが、私にはそれを察知する能力はなかった。

印象的な事件として、小学1年生のときに、掃除の時間が15分設けられていて、終われば帰れたのに、私は先生に褒められたくて、掃除に〝興味を持ってしまった〟。こうなったら止まらず、15分が過ぎ、皆が帰り支度をしても、まだ雑巾と戯れている私がいた。先生が、

「もういいよ」

と言っても、熱心に掃除をして皆の帰る時間を大幅に遅らせてしまっていたが、当時の私にとっては自分の評価が上がり、正しいことだと勘違いしてしまっていた。

（2）

とにかく目立ちたがり屋で、周りを見れず、いつも自分のやりたいようにやってきた。それがいじめっ子の目に留まり、いつも恰好の標的にされてきた。そんな自分の唯一の強みは学習能力であったが、それすらもいじめっ子には気に食わなかっただろう。

そんな私だが、いつも周りには友人がおり、元来、人懐っこい性格だった。だからこそ、自分が心地良い道を選び、それを認めてくれる人、認めたくない人に周囲が分かれていたのではないか。

私が通った保育園では、当然周りの人もやりたいようにやっていて、声の小さい私など目にも留まらなかったため、たまに喧嘩に巻き込まれて嫌な思いをするだけだったが、その保育園の隣にある、憧れだった小学校に通う頃から、私のいじめとの闘いが始まる。

私は、授業中はよく挙手をするほうだった。母親が教育熱心で、通信教材を申し込み、私はやったページだけ漫画の1コマが貼られ最後に物語が完成する単純な仕組みの教材にハマり、熱心に取り組んでいた。

そのため、予習十分で授業に臨んでおり、目立ちたい、良い恰好をしたい私はどの授業でも挙手をし、正解することで、「人より優れている」と、自己満足していた。

当然、その姿は良く思わない人もいるだろう。何かと因縁を付けられて喧嘩になり、いつも手を出せずに負けていた。当時の私は、学習能力はあったが、自分で答えに辿り着く力、周りからどう見られているかを考える力が不足している(今も苦手である)ため、なぜ自分がこんな目に遭うのだろう、と考えても答えは出なかった。

しかし、今でも通信教材は大当たりだったと思っている。なぜなら、この早い時期に知識の「詰め込み方」を体が学習したおかげで、後々まで「学習能力が高い」人間でいられたからだ。母には感謝してもしきれない。

元来、私は何をするにも不器用で、子どもの頃に取り組んだことで人より早くマスターできたものはない。教えてもらって、何度も飽きるまで反復してやっと人と同じようにできるようになっていく人間だった。

これも発達障害故かもしれないが、そんな私だからこそ、通信教材を買って、「予習をする」というレールを作ってくれ、学校の授業を復習に充てるスタイルを作ってくれた母のおかげで、「勉強の身につけ方」「覚え方」を習得し、「学校の勉強」という私の強みが一つできたことが当時はとても嬉しく、誇らしいことだったのだ。

(3)

小学1年生の頃、私は学校に着くまでの時間が感覚的にわからず、いつも朝起きては必死に早く準備し（当時はバス通学を始めたばかりだった）、始業40分前には学校に着いていた。

特にすることもなかったのだが、グラウンドでサッカーをする人を眺めたり、その辺を歩き回ったりしていた。後から来た同級生から、

「早いね。大変じゃない？」

と言われても、落ち着く時間を長く取りたいために1年間この習慣を変えなかった。

転機が来たのは2年生の頃。私が住んでいる地域発で、「このバスに乗れば学校に間に合いますよ」というバスが来た。

これで安心してそのバスに乗り、15分前に学校に着くようになったわけだが、大学生のときもいつも1時間前には講義室やゼミ室に到着し、社会人になった今

でも1時間前に会社に到着することを目標に家を出るようにしている。

それもよほど余裕がないと気が済まない病気のせいだろう。昔から、遅刻して叱責される人を見ていると、私の性格上、定刻の10分前からパニックになってしまう。

強い感情をぶつけられることにトラウマを感じていた私は、怒られて、なおかつ理由（言い訳）も呆れたものしか出てこないであろう「遅刻」を極端に避けるようになっていた。怒られ、それが「正当なもの」であると、やりきれないのだろう。

ほかにも、「怒られないために」規則を必死に守っていた。当時の指導者たちは、その私の性格（少しでも怒られそうになったら泣きそうになる）をわかってくれ、家庭でも外でも怒られることはほとんどなかった。

こんなに大げさなのは家族でも私一人だが、しかし、時間厳守については悪い習慣だとは思わない。約束に1時間以上も早く行き、いつも待たされて焦《じ》れるが、約束は守れるし、やはりギリギリは今も苦手だ。そして、待たされるときの不安、焦燥感、イライラを考えると、自分だけは時間を守らなければ、と思ってしまうのだ。

（4）

小学2年生のときに母方の義理の祖母（祖父の後妻。私たちと血の繋がりはない）が亡くなった。遊びに行くと、いつも笑顔で出迎えてくれ、お菓子を用意してくれたり、近くのスーパーで好きな物を買ってくれる、心優しい祖母だった。小学校の入学式にも駆けつけてくれ、誰に対しても笑顔で分け隔てなく優しかった。

それ故、皆からも愛されており、葬式には多くの人が駆けつけ、皆が泣いていた記憶がある。原因は、1999年6月29日に起こった水害だった（通称6・29豪雨災害）。広島市にあった祖母の家は鉄砲水に呑まれ、元々足が悪く、逃げ遅れた祖母は数日行方不明の後、家の敷地の地中深くから発見された。

行方不明と知ったときは、家族総出で現場付近まで行き、母が泣きながら近くの川などを捜索していた記憶がある。

私は、それまで祖母に良くしてもらったにも拘わらず、あまりよくわからないまま、祖母の葬式に参列し、見送ることとなった。

今、祖母の記憶を辿ると、ある宗教団体に熱心に通い、本当に心が洗われているのではないかと思うくらい素晴らしい人だった。テレビの大相撲中継で関取が金星を挙げて、嬉しそうに帰ってくると、自分のことのように喜び、血の繋がりのない私たち家族を、いつも温かい笑顔で見守ってくれ、車いすだった祖父を献身的に介護していた。

あるとき、お泊り会に呼ばれて行くと、6家族ほどだろうか、多くの人が呼ばれていて、さながらアメリカのホームパーティーみたいな雰囲気になっており、私は家族や祖母の姿を探すのに苦労した記憶がある。

また、祖母の周りの人たちも本当に良い人ばかりで、某宗教団体の活動に参加している間は、良い記憶がほとんどを占めている。

後に聞いた話では、山の反対側に雨が集中していたら、隣の市であった廿日市市の我が家が危なかったという。何とも複雑な話で未だに咀嚼しきれていないが、たまたまその日にデイケアに行っていた祖父が助かったことから、やはり早めに避難してほしかったと切に思う。これが私の最初の「別れ」だった。

（5）

その後、私たち兄弟（私には双子の兄がいる。二卵性双生児であまり似ていない）は母が申し込んだいろいろな「習い事」をするようになる。兄について、小さい頃は、遊びなど、すべて兄がやりたいことを考えてくれ、私はついていくだけで、双子といっても年の離れた兄弟のようだった。

あるときは、昼過ぎから夕方5時まで家の裏にある崖に長い穴（片手が丸々入るほど）を掘り続けたり、その付近に水路を作り、水を流して遊んだり、またその崖を草伝いに登ったり、家の周りをひたすら小さな自転車で駆けまわったりと、危なさを考えずに二人で毎日やんちゃに遊んでいた。時折喧嘩もしたが、いつも私が負けていた。

習い事は、まずはペン字、次に習字。兄は綺麗な字を書くが、私は今でも綺麗な字が書けず、この文章もパソコンで作っている。

私たちの年齢が上がってくると、母は今度は運動系の習い事に目覚める。しかし、二人とも運動音痴で、最初に苦手だった水泳（2年近く通い、クロールや背泳ぎで25m泳ぐのが精一杯だった）、次にサッカー（ドリブルができず、ひたすら後方で守っていた）、最後の習い事はそろばんだった。

私は数字に強く、そろばん玉をはじくのも感覚的に好きだったため、ほかの習い事と違い、適性を見せ、1年くらいで2級まで上がり、今現在、履歴書に書けて私の身になっているのはこれだけである。今でこそそろばんをはじく機会はなくなったが、今でも暗算は得意で、CADの仕事において時間の短縮になっている。

いろいろ習い事を経験したなかで、やはり私は、体を使うことよりも、頭を使い、何度も反復して練習ができないと、何も上手くならないのだろうと思う。

そして、頭を使うことでも、興味が欠けるとまったくダメで、その辺りはADHDの影響が大きいのかもしれない。しかし、興味を持ち、反復練習ができると、力を発揮できることもわかったのは人生にとって大きな収穫だった。

私の初恋は小学5年生のときだった。相手は同じクラスの子で、最初は意識し

ていなかったが、私が母に連れられて通っていた宗教団体の集まりで、

「どうも」

と笑顔で挨拶され、後に段々と気になっていったパターンである。むしろ、最初は同じクラスの子には宗教に通っていることを知られたくなかったため、出逢いは「アンラッキー」とさえ思っていた。

しかし、私の淡い初恋は、彼女のSっ気が邪魔をして、つまり、ほかのクラスメイトや私自身に少しきつく当たる性格に気づき、2ヵ月足らずで終わった。

また、この時期に私たち家族は家を新築した。それまで住んでいた一戸建ては中古の家を買って運んできたものらしいが、住宅メーカーの営業マンの人が来て、話を聞くうちに、

「家は一生ものだから」

と建て替えることを父母が決心した。住宅展示場に行き、父母とメーカーの人が商談している間に私たち兄弟は、いろいろな家を見て回り、なかには、

「親を連れて来ないとだめ！」

というメーカーさんもいて、子供ながらに「ケチ」と言いながらほかの家に行

き、我が家はどうなるのだろうと、期待に胸を膨らませていた。いよいよ施工が始まると、ときどき訪ねては出来上がっていく新しい家にワクワクし、ピカピカの家に住むのが楽しみで仕方なかった。

そして、いざ新しい家が完成し、引き渡されると、数日はまるで友だちの家に泊まっている感覚で落ち着かなかった。次第に、自分の家である感覚がついてくると、前の家より暖かいし、木の家でとても落ち着き、家に帰るのが、前にも増して楽しみだった。

ご成約プレゼントで電子キーボードを貰い、私は習い事がなくなると、キーボードに没頭した。特にパッヘルベルの「カノン」に子供ながら魅了され、「ハープ」の音で毎日弾いていた。

最初はもちろん右手で光る鍵盤を追うのが精いっぱいだったが、次第に右手の動きを完全に覚え、左手のみでも練習を重ね、遂には学校のピアノで楽譜を見ずに「カノン」を弾けるようになった。

母からは、

「この曲は耳にタコができるくらい聴いた」

と呆れられたが、懲りずにほかの曲に挑戦するなど、私の音楽好きがここで花開くこととなった。その後、学校で演奏会があり、私はシンセサイザーでオーディションに挑んだ。4人中2人の合格者に見事選ばれ目立つ場所で演奏することができた。

また、小学6年生になった私は、

「全員何かしらの委員会に所属しなさい」

という決まりが伝統になっていた学校で、「放送委員会」に所属したいと願った。理由は、お昼の放送の雰囲気が楽しそうだったこと、その放送で自分の好きな曲が流せることが魅力的に映ったことの二つだ。

しかし、じゃんけんで負け、残った委員会は「運営委員会」という、一番厳しいであろう委員会だった。運営委員会は朝礼の司会を全校生徒の前で行う、皆が敬遠していたポジションだった。

委員会が始まっても、しばらくは朝礼の司会を回避できたが、遂にクラスメイトと共に私たちの番が回ってきたときは、前日からどうしようかと絶望していた。いざ、当日を迎えると、心臓のドキドキが止まらず、体育館の舞台袖で、友だち

と、

「どうなるんじゃろう？」

と戦々恐々だった。そして、朝礼のために舞台に上がると、そこには全校生徒600人以上の視線が集まっていた。一言目に、

「うわあ」

「やばいね。見んようにしよう」

頭が真っ白になっていた私は、この友だちの機転で雰囲気にのまれず、下のメモを見ながらマイクで話し、何とかこの荒行を乗り切ることができた。教室に戻るとき、

「やばかったね」

「うん。前が見れんかった」

と友だちと話したが、私は下を向いて話していたため、聞いていた人から、

「何を言っているか聞き取れんかった」

と言われた。

(6)

次の恋は、中学校1年生のときだった。二つの小学校から統合し、一つの中学校へ通う形だったため、知らない人も多くいた。そして、その「知らない人」の中に一目ぼれした人がいたのだ。

彼女は大人しいタイプで、初恋と同じく話したことはなかったが、ルックスと、「今度こそ性格はきつくない」という確信から、彼女をどんどん好きになっていった。

しかし、自分からアプローチしていけば、いじめられると思った私は、遠くで見ているしかなかった。

そして、臆病な私に、ついに彼女との接点が訪れる。それが、「委員会」だ。男女1人ずつで構成される委員会は、私にとって「自然に」彼女と会話し、距離を縮める絶好のチャンスだった。そして、彼女が決まった委員に私も立候補し、2人でじゃんけんになった。

人生で一番大事なじゃんけんとあって、息巻いていたが、あっさり1ターンで負けた。しかし、私のよほど残念そうな顔を見て相手の人が譲ってくれて、晴れて彼女と同じ委員会に所属することができた。

しかし、実際に委員会に出てみると、上からの伝達を聞くだけで、「自然に」会話するチャンスなどなかなかなかった。「一度だけ」会話をしたことがあるが、それは私が学校を休み、彼女が委員会で話し合った内容を伝達してくれたときで、胸がドキドキして、あまり伝達事項は頭に入っていなかったように思う。

しかし、ここで恋どころではない事件が起き、この恋も終焉を迎えることとなる。

私が中学1年生のときに、母が亡くなった。49歳だった。実はこの日は、寿命で父方の祖母が亡くなってから四十九日の儀を執り行った日だった。私たち家族が、親戚の人たちに来てもらい、式を滞りなく終え、家でDVDを見ていたときに、母が入院していた病院から訃報が届いた。

原因は自殺であったが、今思うと、後に私が発症する精神障害の一つ、「統合失調症」に罹っていた可能性が高い。もちろん、遺伝性の病気ではないが、罹りやすい「血」を受け継いでいたことは確かだろう。相当苦しんでいる様子であったが、それについては割愛させていただく。

葬式には、四十九日の儀に参列した人、地域の人等が関わり、誰もが、

「可哀想に」

と同情してくれたが、少なくとも私はうつ状態になっていたのか、それすらも遠い出来事のようで、時間だけが過ぎ、その年、もう何度も聞いたお経をぼんやりと聞いていた。そして、最後に火葬場に行き、最後の別れのときも粛々と済ませ、遺体を焼くスイッチが、

「ボッ」

と入った瞬間、急に眠りから覚めたように我に返り、大きな衝撃と、二度と母に会えない事実に気がつき、1分程度だろうか、その場に立ち尽くしていた。今思えば、母のこの「事件」がなかったら、私が後に体験する数々の恐ろしい出来事を耐え抜くことはできなかっただろう。というのも、この事件を体験し、家族が一人いなくなることが、

「どれだけ遺された者に暗い影を落とすか？」

この事実に気づかされ、自分だけは何があっても死なないと心に誓い、今日まで家族3人、生きながらえている。

また、小さい頃から母はやや強引にではあったが、自らが最良とする子育てを、忠実に実行してきた。とにかく、小さい頃から運動、勉強を管理し、小学校でいろいろな体験をし、自分の引き出しを増やせたのも母のおかげだ。

野菜と魚が多く食卓に並び、お菓子は制限されていた。まだ、小学校低学年の頃は、雪の日に私たち兄弟をバス停まで転ばないように連れ添ってくれたり、勉強で結果を出したら、誰よりも喜び、お小遣いも学校のテストの結果と連動していた。私たち兄弟が中学校に入ると、

「大学に行かせるためのお金を稼ぐ」

と言い、パートも始めた。私がホタテの刺身が好きだと知ると、普段は倹約家の母が、よくホタテの刺身を買ってきてくれていたり、私たち兄弟は、母から大きな愛情を受けて育っていた。

それだけに、私のこの後の人生を母が見て肩を落とすことはないと思えるのは、

この事件において、唯一良かったことかもしれない。

しかし、母がいなくなったことで、私の緊張の糸は完全に切れてしまった。それまでいじめられながらも学校には通っていたし、友だちもいたが、「母」という監視役がいなくなったこと、そして身内があまりにも早く亡くなるという二つの変化により、私は登校拒否するようになってしまった。おそらく、ＰＴＳＤもあっただろう。

ＰＴＳＤとは、「心的外傷後ストレス障害」とも呼ばれ、心に大きなダメージを受けた後もフラッシュバックや悪夢という形で追体験したり、同じことが起こるのではないかと極端に恐れたり、不安や緊張が続き、不眠等を引き起こす病気だ。

私の場合は、母が亡くなる少し前から、

「もしかしたら、死んでしまうかも」

という不安で夜中にこっそり泣いたこともあった。それが現実のものとなってしまったため、高校、大学に至るまで家族をまた失うのではと神経をすり減らしたり、何も悪いことが起こっていなくても悪いことが起こる想像で頭がいっぱいになり、それに対してもおびえていた。

時には、父親が1時間帰るのが遅くなっただけで、胸がいっぱいになり、いても立ってもいられずに、携帯に安否確認の電話を入れたこともある。

その当時に治療を受けていれば、ここまで酷いことにはならなかったように思う。事実、友だちといるときは笑い上戸だった私が、母が亡くなってから3ヵ月は一度も笑わず、ショックによる思考停止状態が続き、成績も段々と落ちていった。

身内の死と当時唯一の自慢であったテストでの高得点が取れなくなってきたことがボディーブローのように私を追い詰め、ここで登校拒否したことが、後々大きなダメージとなる。

また、母の葬式に参列した母方の祖父が、母が亡くなった半年後に亡くなり、この年は身内の葬式に三回も出ることとなった。祖父が母の葬式に参列したときの忘れられない言葉が
「わしの半分じゃ」

だった（祖父は当時91歳）。

(7)

中学校での登校拒否により、失敗したのが高校受験だ。私は中学2年生までは学校へ通っていたが、徐々に成績が落ち、そのショックもあってか、前述のように登校拒否してしまう。皆と学力で大きく差を付けられてしまったのはこの時だった。

だが、家にいてはそれもわからない。何とか受験をパスするだろうと高を括っていた私は、公立校に落ち、出席日数が少ないために私学にはまったく相手にされず、結果として、オラオラ系の人たちも通う公立校に決まり、ここでも浮いてしまい、いじめを受けることとなってしまう。

遂には、その公立校も辞めて、父が調べた通信制高校に入るのだが、やっと手にした安住の地は、家からまったく出ず、バスに乗らないとどこへも行けない田舎であったため、町に買い物にも行けず、非常に不健康で将来性の乏しい生活に落ち着いていた。

この某通信制高校のシステムは、ネットで配信されている授業、またはＣＤによるテキストで授業を受け、何度もやり直せるＰＣの選択式のレポートに取り組めばそれが評価され、成績になっていた。私は何度もレポートに取り組み、すべて１００点になるまでやり直し続けていた。

私の父親は建設業で「安全・労務」の仕事をしていた。母と同じく、私たち兄弟を二人とも大学卒業させたいと思っていた。しかし、厳しい父親ではなかった。通信制高校を見つけてきたのも、私のことを考えてのことであり、どちらかと言えば甘いほうだったと思う。

私が小さい頃は、母に内緒でお菓子やおもちゃを買ってくれ、母と口論になっても、いつも私たちを庇ってくれた。父はいつも朝が早く、遅く帰る生活をしており、さらに母がいなくなったことで家事をしたり、夕食を買うためにもっと帰りが遅くなったりと、当時は気づかなかったが相当迷惑をかけていたように思う。私は父親に大変な苦労を掛けたが、それでも辛い顔を一度も見せないのは、私が尊敬し、目標とする父親像でもある。

しかし、私はこんな生活をしているのだから、恋なんてできるはずもなく、ただただネットゲームをしながら日々を送っていた。

それでも、真面目に高校のレポートを出した結果、「指定校推薦」により、広島の大学に行けることとなった。私は、この大学に通うことが楽しみで仕方なかった。父も、

「この高校を選んで良かった」

と満足し、私もやり直すチャンスを得られて、意気揚々と大学生活に乗り込んで行った。

ここでも、私と双子の兄が同時に大学に入ることで、父親には大きな負担を強いてしまったと思うが、当時の私はそれよりも、また全日制の大学に通うことで友だちを作り、一生忘れられない大学4年間を送ることを夢見ていた。

いざ入学すると、初日から各サークルが熱心に勧誘をしていた。入学式を執り行った体育館から講義室へ向かう道すがら、各サークルがビラを配っており、断れない私は、手にいっぱいビラを抱えて講義室に入ることとなった。

そのなかで一番興味を引いたのは、「自動車部」だった。レースに出てタイム

を競う。独自の駐車場がある。それだけで魅力的に映った。特に、駐車場は大学になく、バスと電車での通学は、体力の落ちてしまった私にとっては一苦労だったため、車で通学できるのが、嬉しかった。

一度見学に行ってみると、油のにおいが充満し、胸が躍ったが、私の苦手なジムカーナであった。オートマしか免許を持っていない私にとっては、ミッションの操作も厳しく、駐車場だけ使わせてもらうわけにもいかず、この部活を諦め、ほかのたくさんのビラには興味を惹かれず、サークルには入らないことにした。

（8）

しかし、通信制高校で家に籠っていた私は、周囲から見ると浮いていた。もちろん、過去の過ちは繰り返さぬよう、積極的な「目立ち」もなかった。また、残念ながら、成績もあまり良くなかった。

そして、大学には大学の難しさがある。中学生の頃から着ている服、自分を守るための尖った言動など、私は履歴を隠し切れなかった。

「あいつの服、おかしい」

「あいつ、すぐ怒るから近づかないようにしよう」

徐々にではあるが、最初は親しくしてくれていた人たちも離れていった。それでも、私はちょっとした陰口にムキになり、自己防衛に必死だったのだ。

その結果、やはり浮いてしまうこととなり、いろいろな人に煙たがられて陰口を叩かれる存在となった。そのなかで、ギリギリ出席日数をクリアし（当時は3分の2の出席日数をクリアして6割の成績が大学で単位を取る最低条件だった）、テストもギリギリでクリアしようという将来を考えてない作戦に出た。高校受験と同じ、何とかなる、という甘い考えもあったのかもしれない。

しかし、いじめに耐え切れずに遂には「メニエール病」を患い、寝込むこととなってしまう。メニエール病について、私の場合、最初は低い音の耳鳴りが起こり、病院で聴力検査をすると、低音の聞き取りが悪くなっており、「蝸牛型メニエール病」と診断されていた。

おそらく原因はストレスと、それを発散させるためにロック音楽を大きめの音で聴いていたことだろう。しかし、どちらも「負のスパイラル」から抜け出せない私には消すことができなかった。今でこそ馬鹿なことだと思うが、当時の私には、ロック音楽が何よりのストレス発散だったのだ。

そして、「蝸牛型メニエール病」とその治療を繰り返しているうちに、遂には平衡感覚が麻痺し始め、立てなくなり、世界が回り始め、ズキズキと頭痛を伴う「メニエール病」になって床に臥せってしまった。

そのときは、将来、本当に治癒し歩けるのかもわからないほど平衡感覚が狂い、絶望の淵にあった。

そこから復帰できたのは、ある曲との出会いだった。『輝く月のように』(Superfly)。耳鳴りと頭痛、まともに歩けないなかでこの曲は周囲の力添えに気づかせてくれた。また私と同じく暗闇のなかにいたSuperflyが復活し、意識的に笑顔を見せるライブ映像は私に元気を与え、復活へと導いてくれた。

しかし、寝込んでいる間に留年が決まり、研究の先延ばしが決まったまま大学3年生を迎え、ゼミに配属されることとなった。ここからが人生が変わる転機となる。

当時、最初はゼミに配属されても先生には怒られるし、人間嫌いになっていた私はゼミに寄り付かなかったが、同じゼミに配属された同級生の一人が心を開くのを手伝ってくれて、ようやくゼミに顔を出す決心をした。

「最近、あまりゼミに顔を出してないね。行こうや」

「まだいい。どうせ研究は来年だし」

「そんなの関係ないよ。行こうや」

彼は、ゼミ長を務めていたが、ただの責務ではなく、本当に私を不憫に思っていてくれたのだろう。おかげで私は初めて学生生活を満喫することができ、彼が飲み会に引っ張っていってくれたおかげでお酒の味も覚えた。実は私がお酒に強いことも、ここで初めて知った。

彼は、最初は私を優しく持ち上げてくれ、段々ゼミに慣れてくるとイジリを入れるという、面倒見の良い人物であった。ほかのゼミ生、教授も徐々に顔を出し始めた私を気遣ってくれ、初めて家以外で安寧の場所を見つけた気がした。

「そういえば、宇佐川は卒業研究何にするん？」

「まだ決めていない」

「早く決めたほうがいいよ。他の人の研究を引き継ぐなら教えてもらわんと」

ゼミ長を務めていた彼は、貴重なアドバイスをくれた。彼自身、先輩のゼミ生についていき、きっちり引き継いでいたらしい。

「確かにそのほうが質の良い研究はできそうだけど……」

私は、このゼミで何をやりたいのか見つけるのに苦労した。過去の卒業論文を見ても、さっぱり理解できず、足がすくんでなかなか一歩が踏み出せなかったのだ。結局、ゼミ長が卒業してから、彼の研究を引き継ぎ、ゼロからのスタートを強いられることとなった。

この頃から就職活動の講座や履歴書の添削が始まり、私は履歴書を綺麗な字で最後まで書けなかった。大学の方針は、あくまで手書きの履歴書のみしか認めていなかったため、私はどうしようと頭を抱えた。

このタイミングで、自分は発達障害の一種であるADHD（注意欠陥多動性障害）ではないか（？）と思い、ネットで症状を調べ、近くのたまたま心療内科もやっている病院に駆け込んだ。そして、

「発達障害もだが、統合失調症ではないか？」

と診断をされ、即座に薬を処方されることとなる。しかし、私自身前述の統合失調症を自分の症状と認められず、自分は発達障害のみであるという体でゼミの教授に打ち明け、配慮いただくこととなる（ほかのゼミ生には打ち明けられなかった）。

発達障害の一種であるADHDとは、集中力が持続しない、あまり考えずに行動に移す、そして、落ち着かないといった症状を持つ先天性の障害だ。

私は、特に集中力の持続が難しく、ほかの人よりも早く集中力が切れてギブアップしてしまうことを小さい頃から自覚していた。例えば、コンピューター言

語を用いてコンピューターに自動で仕事をさせるプログラミングでは、一つのシステムが動かない場合、

「どの文に原因があるか?」

「指示する順番は正しいか?」

「スペル（つづり）は正しいか?」

などいろいろなチェック項目を検証しなければならないが、私は二つ三つ試してわからないと頭のなかが真っ白になってしまい、ほかの修正案を思いつくまで20分ほどかかることが多く、とても効率が悪かった。

もう一つ、今でもよく忘れ物をしてしまう。「そのときに何が必要か?」を深く考えて揃えることができずに、且つ急いで家を出る習性があるため、結局いつも時間には間に合っても、忘れ物を多々してしまうという学生生活を送っていた。

それでも同級生の「追い出しコンパ」では、私が幹事を務め、某鍋の店で皆で盛大に黒毛和牛を食べた。

私の初告白は大学の5年目だった。当時、恋愛経験のない私は、相手の好感度

を上げることなく、いきなりメールで告白し、見事にフラれることとなった。当然のように相手はいきなりの、それもメールでの告白にビックリしており、戸惑いを与えてしまったが、当時はそれすら気づかなかった（それだけ恋愛経験が浅かった）。

それまでも片思いは多々あったが、告白する勇気などなく、誰かと付き合ったら目立っていじめられるのではないかという心の内があり、勇気を出して告白など、とてもじゃないが考えられない状況だった。こうして、大学でも恋愛をすることなく、社会人へと突入することになる。

しかし、この大学5年間で私は自分の特性を知り、精神的、肉体的にも強くなったと思う。また、人を信じることができるようになったのも大きかった。

入学したときはいじめに怯え、人の優しさを受け取ることができず、高校で家に籠る道を選んだことで毎日大学へ通う体力もなかった私が、最後の2年間はほとんど休むことなく大学へ通い、社会人になるための体力を戻し、一言二言の悪口ではびくともしないようになったのは、大きな成長だった。

また、大学生活の最後の2年は仲間にも恵まれ、私の精神面はどんどん良くなっていった。数人だが、今でも親交があるかけがえのない友人がいることも、大学に行って良いことだった。

大学では自分の時間も多かった。特に、3～4年生で就職活動という現実を突きつけられ、真剣に考え始めてからの2年間は自分を分析し、見つめなおし、将来に繋ぐ非常に重要な時期だった。

この5年間で先への危機感を持てるようになり、自分の将来を考える癖が付いたことが、現在までずっと続いていると言える。人よりは遅いが、まだ背中を追っていけるだけの時間は残されている。

(9)

私が最初に就職した会社は全国転勤の建設業、その施工管理だった。母の兄が社長だったこともあり、いわゆるコネで入社が決まった。

その当時、薬を飲まずとも平気になっていた私は、意気揚々と全国へ繰り出していった。

しかし、徐々に容態は悪化し、常に悪口が聞こえ、また精神障害者である私は疲れやすく、仕事にまったくついて行けなかった。それでも自分が精神障害者であると認めていなかったため、半年間、苦しい思いで続けることとなる。

ついに限界になって仕事を辞め、地元である広島県廿日市市の実家に帰った私は、早速以前の病院に行き、

「間違いなく統合失調症です」

と診断された。以前と違い、今度こそ私は自分の病気を受け入れ、この後は薬の服薬を欠かさないこととなる。

私の二番目の会社は、障害者を専門に雇用する「A型作業所」だった（自治体からの補助金を受けて障害者を雇用する施設）。最初は4時間からの勤務となり、私のすっかり落ち切った体力を回復させ、リハビリをするにはちょうど良い環境だった。皆人も良く、私は大学時代の元気さを徐々に取り戻していく。

この会社での私の業務は、主に3種類で、文章を考える仕事、そしてプログラマー、さらにはCADオペレーターも手掛け、仕事がきたときにそれぞれの仕事をこなしていた。

そのなかで、文章を考える仕事では、ほかの人が30分～1時間かけて書く仕事を早いときで5分、遅くても15分以内に書き上げ、またそのクオリティも評価された。そのときに上司の人に言われた言葉が、

「小説を書いたら良いんじゃないの？」

だった。その一言が今回、この小説を書くきっかけの一つになる。

ほかの仕事も魅力的だった。自分で論理を組み立て、頭をフル回転させて組み上げるプログラマー。対して、まったく逆の、製品の完成図を理解して形にしていくCADオペレーター。私の考えでは、プログラマーはゼロからシステムを組

み上げていく仕事で、CADオペレーターはすでにある完成形をPC上で描いていく仕事だ。プログラマーが文字でシステムを作るのに対し、CADオペレーターは線と図形を駆使し、PCに製品を記憶させるのが仕事だ。

私が任されたのは、3DのCADなので難しさがあったが、それすらも面白く、おそらく右脳と左脳をフル回転させながら毎日業務に取り組んでいたように思う。

A型作業所ということで、賃金が固定で他社と同じで高くなく、またこの時点で8時間働くのはいろいろと難しい側面があった（体調面や通勤時間など）のがネックだった。

⑩

25～26歳になった私は、この頃から恋ではなく、「結婚」を意識するようになった。しかし、働く時間が徐々に増えてきたとはいえ、せいぜい6時間のパートタイム。障害年金と合わせてようやく自分一人が食べていけそうな手取りだった。

そこで私は、「結婚」を見据えて、転職活動をするようになった。目標は障害者枠の正社員。求人はあったが、字が下手で志望動機もありきたりだった私は、PCで履歴書を作成し、何社となく落とされていった。遂には、一般求人に応募し、面接で障害を暴露し、泣き落としで受かろうとした私は、やはり空回りしていた。

転機が訪れたのは就職活動を始めて1年近く経った頃だろうか。

「同じ会社の人で、『キャリアコンサルタント』の資格を持っている人がいる、履歴書を見てもらわないか？」

と上司に持ち掛けられ、渡りに船、私はすぐにその人に履歴書を見てもらうことにした。

キャリアコンサルタントのアドバイスは目からウロコだった。私は、人と比べて客観的に見ることが苦手だったため、履歴書は自慢話でいっぱいだった。

しかし、自分を「トータルでどう見せるか」、いわゆる、わかりやすいキャラ付けを向こうの人に想像させることができれば、合う会社に内定をいただけるのではないか。

元来、障害者雇用自体が狭き門（求人そのものが少なく、症状への配慮が許容範囲内でないと内定は難しいため）だったが、私はアドバイスを受けた後の一社目で内定を頂き今日まで勤めることとなる。

その会社は印刷会社だった。私がなぜ印刷会社に飛び込もうとしたかというと、一つは家から車で20分もかからない場所にあったこと。二つ目は、父親もかつて印刷業で働いていたこと、三つ目は根拠のない興味だ。

今までの仕事は、どちらかと言えば自治体や企業に届ける仕事で、友だちなどに説明してもあまり理解してもらえなかったが、市販の商品を作る会社で働けば、商品名を出すだけで興味を持ってもらい、話ができるというモチベーションもあった。

　また、そういった有名な商品を作る仕事に携わりたいという強い気持ちもあった。幸い、その会社はほぼ定時で帰れて、上司二人も穏やかであることも功を奏し、私の会社勤めでは最長となる、丸2年を突破した。

　所属先は製版課で、オフセット印刷をするためのアルミの薄い版にデザインを覚えさせ、印刷班に渡すこと、印刷が終わった（インクが付いた）版は洗って保存すること、そして、保存した版のゴミなどをチェックし、綺麗にしてまた印刷班に渡すこと。

　ここまでは他社の製版課と同じだが、私が勤める会社では、CADによる製品の設計、そしてデザインの編集もMａｃを使って製版課が行っている。特に、CADは2番目の会社でたくさん経験しているので、ソフトは違えど、操作はすぐに覚えることができた。しかし、Mａｃはほとんど勝手がわらず、今日まであまり触っていない。

⑪

障害年金（私の場合は基礎年金で月に6万5千円）も含めると、悪くない手取りが確保できた。そこから私は恋活、婚活にのめりこんでいくこととなる。

２０１８年10月、私が彼女と出会ったのは、某出会い系サイト。当時、私は恋活、婚活に躍起になっていた27歳の青年である。彼女は25歳。住所は広島市。私が住む廿日市市とは隣の市で、車で行けば会えそうな距離だった。身長も私より少し低く、ちょうど良い。顔写真を見ると、少し気弱そうではあるが、今どきの子で可愛い部類だと思った。

「スタイルには自信があります」

とプロフィールの記述欄に書いてあったが、おそらく嘘ではないと直感的に感じた。

情報はそれだけだったが、最初に私から彼女にメールを送ろうと思ったのは、彼女の写真が可憐でスタイルも抜群と書いてあったから、ただそれだけである。

正直、それだけで私にとっては明らかに高嶺の花であるが、当時の私はとにかく爆弾小僧のようにいろいろな人にアタックしていた。

彼女の返事はすぐに来た。最初はありがちな会話、

「私は今恋人を探しています。良ければお話しませんか？」

「いいよ」

「こちらもため口でも良い？　恐い？」

「気にしない」

しかし、私が趣味の話に持ち込むと運命の歯車が動き出す。

「あなたの趣味は？　私はスポーツ観戦と麻雀ゲームかな」

「私は投資だよ。お金にしか興味ない」

驚いた。投資？　それだけで生計を立てている人に会うのは初めてだった。

「バイナリーオプションで、中小企業の課長くらいは稼いでいるよ。月に40万円くらいかな」

バイナリーオプションが何かは知らなかったが、当時の私にはそれがとても魅力的に映った。何せ私には精神障害があり、障害者枠で転職したばかりで入社1

年目、手取りにして13万円弱である（障害年金を受給し、何とか生活を成り立たせていた）。

しかし、投資なんて初めて聞くような言葉であり、体験しなくても難しいのはわかっていた。とりあえず返した言葉は

「うちの兄もFXの勉強をしているよ（汗）」

そうなのだ。私にとってはまったく未知の領域であるが、大学の経済学部を優秀な成績で卒業し、FXの本を何冊も読み漁っている兄にはそれほど特殊な世界ではないかもしれない。

FXとは、外国の通貨を売買し、その差額で利益を出す取引だ。例えば、1ドル100円のときにドルを購入し、1ドル120円のときに円に戻せば、20円の利益が出る。さらに、「レバレッジ」と呼ばれる仕組みがあり、資本金の何倍ものお金を取引額として使える。株などと違い、24時間取引が行えるのもFXの特徴だ。

しかし、元本保証はされておらず、資本金だけでなく、取引額以上の損失を抱える可能性もある。

私は兄の勉強のおかげで精一杯の意地を彼女に張れたわけだが、彼女の反応は意外なものだった。

「何なら、先生を紹介しようか？」

たぶん、私が興味大ありだと見たのか、はたまた兄に置いて行かれる私を不憫に思ったのか、どちらにしろ彼女の思いがけない優しさに驚いた。

私は迷ったが、すぐ兄に相談した。

「バイナリーオプションっていうのを教えてくれる人がいるけど、どうしよう？」

「それが怪しいものでなければ、やってみても良いと思う」

「わかった。ありがとう」

兄の一言でやると決めた。

⑿

まず、最初に必要なのはＬＩＮＥの交換だった。しかし、ＩＤでもお互いが見つからず、彼女がスクリーンショットでＱＲコードを送ってくれても読み取れない（当時私はスマホでスクリーンショットを撮る方法を知らなかった）。

30分くらいかけてようやくこちらのＱＲコードを送ることができ、彼女とのＬＩＮＥが繋がった。最初にお互いの本名を教え合い、彼女の名前が千夏（仮名）であることがわかった。

その後、ＬＩＮＥに新しい人物が追加され、初めて千夏の「先生」とコンタクトを取ることになった。この人は個人投資家で、バイナリーオプションについては、借金をしながら独学で学び、腕を磨いてきた人だ。先生はこの時点で、投資だけで所帯を持ち、生活をしていた。

この頃、先生はバイナリーオプションを教えるために、全国を飛び回っていた。教える「生徒」に対しても、

「お疲れ様です」

とねぎらいから始まり、教える立場でありながら、親切で丁寧な人だ。

先生は男性で、とてもイケメンな声をしていた。それが逆に詐欺ではないかと思い、私は彼を質問攻めにしたわけだが、先生の話を要約すると、

・バイナリーオプションとは、5分や1時間などの短い時間で為替が上がるか下がるかを当てるだけ
・当たれば約2倍になり、外すとエントリー金額がすべて没収
・受講料は30万円で、自分が生きている限り教える

というものだった。30分近く電話で根掘り葉掘り聞いた後、私は彼を信用し、彼の口座に30万円を振り込むことにした。

教材はLINEですぐに送られてきた。

しかし、チンプンカンプンで千夏に聞いたら、

「私も最初はチンプンカンプンだったよ。頭が爆発しそうだった」

と返ってきた。

とにかく口座を開き、デモ（架空のお金で取引）にて練習を開始すると、投資の知識ゼロであるせいか、エントリーするタイミングが早すぎるのに、次々勝っていった。そして、先生に優しくアドバイスされるたびに千夏に報告しては、

「そういうエントリー好きやね」

と笑われていた。

「先生」に教わり、私が目指していたバイナリーオプションの戦法は、「逆張り」と呼ばれる、通貨ペアの上がり下がりの転換点を狙う、上昇、または下降の勢いが弱まり逆の勢いが出始める頃にエントリーして上がり下がりを当てるというものだった。しかし、「先生」にその形と予兆となるシグナルを教えられていた私は、

「これだ！」

と思うと、すぐに上がり、または下がりのエントリーをしてしまったが、「ビギナーズラック」に助けられ、それほど負けは込まなかった。

千夏も、段々慣れてくると、

「勝てたならナイスだね」

と言ってくれるようになった。私はそのとき、儲けよりもこんな関係が続くことが嬉しくて仕方がなかった。先生に、

「彼女とはどこで出逢ったんですか？　どういう関係？」

と聞かれ、正直に、

「ネットの出会い系サイトで出逢いました」

と答えると、

「時代ですね」

と返された。

当時の私はデモ、つまりお金を掛けずに実際の相場で練習をしていたが、千夏は一回に2万円を掛け、倍近くに資産を増やしていた。そのため、夕方ごろに、

「今日はどう？　私は1勝1敗だよ」

とＬＩＮＥを送ると、

「今日はすでに儲けが出たよ！」

と返ってくることが多く、また、先生と同じようにアドバイスをくれるため、先生に教えられてわからないところは千夏に聞いていた。

ある日の夕方、金曜日にバイナリーオプションを（デモで）やろうとした私は、千夏にそのことを伝えると、

「私はやらないよ」

と言われた。

「何で？」

と聞くと、

「金曜日の夕方はやらない。恐い気がする」

と言うのだ。

確かに、バイナリーオプションは月曜日から金曜日しかできないので、週の最後となると、投資家たちが最後の追い込みに入り、為替がよく動くのかもしれない。

この話を聞いてから1年くらいは私も金曜日の夕方は避けて、今でも慎重にエントリーするようにしている。

(13)

私が千夏と出逢った2018年10月は、ちょうど『マリーゴールド』（あいみょん）が世に出始めた時期だったように思う。少なくとも私は、その頃、初めてマリーゴールドを聴き、その粋なメロディーと優しい歌詞に魅了され、千夏に、

「マリーゴールド良いかも！」

と言うと、

「いいよね！　普段どんな曲を聴くの？」

「Superflyかな」

「どんな曲が好き？」

と聞かれたので、当時Superflyはハードでマニアックだと思っていた私は、

「初級から上級まで聴きたい？」

と千夏に持ち掛け、

初級↓『愛を込めて花束を』

中級→『やさしい気持ちで』

上級→『I Remember』

と三曲をYouTubeからＬＩＮＥに共有した。それを聴いてもらうと、

「上級はマニアックだね」

と言われ、やはりこの曲は私にとっては一番星であるが、ヘビーに感じる人もいると思い知らされた。それと同時に、もっともっと千夏に私好みの曲を知ってもらいたいと思うようになった。

また、後から思うに、一曲ずつ千夏の感想を聞きたかった。今この本を書きながら、私の好きな三曲について、もう少し千夏の反応が見たかったと後悔している。

千夏は、こちらが忘れていても毎日欠かさず連絡をくれた。最初はバイナリーの話が多かったのだが、しばらくすると、家族構成、お酒や趣味の話までしていた。

何と、千夏は９％チューハイ（５００ml）を一日に５本も呑むということだった。しかも、いつもレモンチューハイでコンビニで買ったせんじ肉と一緒に晩酌

をするということであった。私もお酒には自信があったが、到底敵わないと思った。私が精神障害者であることを打ち明け、

「何とかフルタイムで頑張っているよ（※精神障害者は基本的に疲れやすく、長時間勤務には向かない）」

と笑うと、千夏も精神安定剤の薬を飲んでいることを打ち明け、

「凄い頑張っているね」

と理解を示してくれた。

その仕事の内容について、彼女に聞かれたことがある。

「お仕事は何してるの？」

「最初の会社で施工管理、次の会社でプログラマーとCADオペレーター、今は印刷業の製版だよ！」

「え、CADとか頭良すぎ、私中卒だよ」

千夏はコンプレックスに陥っていた。投資は天才だが、仕事に関してはあまり経験がないらしい。「もし、投資が禁止されたら、自分が千夏を守らなきゃ」。そう思わされた瞬間だった。

私は、コンプレックスを話せば、当然女性は興味を失うものと考えていた。しかし、あとで逢ったときにすべてわかってしまうだろう。だから、恐る恐る「身長」の話を千夏にした。

「逢ったらわかるけど、私は161㎝しかないチビだよ（汗）」

「私もチビだよ。157㎝しかない（泣）」

驚いた。私が想像していた答えは、「低いね（泣）」だったからだ。男にしてはだいぶ低い身長であった私は、これで千夏が私に興味を示さなくなることも覚悟していた。私の意見では、女性が157㎝あれば、「チビ」ではないはずだ。私の母も157㎝だった。

しかし、話を合わせてくれたのか、また170㎝欲しかったのか、彼女の反応に驚きを隠せないと共に、何でも受け入れてくれた彼女に安心感を覚えた。

私はかねてより、恋人ができたらハワイのビーチで一緒にバカンスしたいと思っていた。それを千夏に話すと、

「私はセブ島に行きたいな」

と言った。セブ島？　急いで調べると、フィリピンのバカンスの島のようで

あった。彼女に、

「東南アジアのハワイみたいな感じ？」

と聞くと、

「たぶんそうだよ！」

と話を合わせてくれた。

「ハワイに行くなら、バイナリーでお金を貯めないとね」

「そうだね（汗）」

「旅費で40万円、買い物で10万円もあれば充分満喫できると思うよ」

この会話のなかで、千夏の知識の広さにビックリし、また、千夏とハワイやセブ島に行ったらどうだろうと、ノロケてもいた。千夏は、

「バイナリーの合間に英語を勉強しようかな」

とこぼしたことがあったが、海外旅行に行きたい願望が一つの要因だったのかもしれない。

⑭

しばらくすると、先生は私を投資仲間のコミュニティに入れてくれた。そこには、千夏もいて、なんだかいつもと違う、丁寧に皆に気配りをする彼女がいた。

もちろん、千夏を含む皆が上手なエントリーをコミュニティで公開していて、私は公開するのに気が引けた。

そこで、他の参加者から「大陽線」「大陰線」について教えられたが、やはりわからず、千夏に、

「太陽線（間違い）と大陰線って何？」

と聞くと、丁寧に、

「陽線は為替のチャートの上りに付く赤い線、陰線はその逆で下がるときに付く青い線。大陽線は大きい陽線で、大陰線は大きく下がったときの線だよ」

と素人の私でもわかる、パーフェクトな回答をくれた。前述のアドバイスを含め、最後には千夏に聞こうと思わされた一番の出来事だった。

私は、いつも事を急いてしまう。そして、相手の気持ちが想像できない。千夏と毎日楽しく話すうちに、一時の「イケる！」という思いだけで、一度だけ、「手取りがそこそこあるから（障害年金を含む）、うちに来ない？」

と彼女を誘ったことがあるが、

「まだ早いかな」

とかわされてしまった。

千夏からしたら、同棲するには相手を知らないこと、そして、いきなりの誘いだったため、心の準備ができていなかったのだろうと今では推測する。

前にも同じようなことがあった。大学時代の告白だ。もちろん、あのときよりはまだ仲が良い状態ではあったが、恋愛を知らない私は、またしても先走ってしまったのだろう。大学時代と違うのは、予後が気まずくないということだけだった。

それほどまでに好きになっていった千夏から、ある日、頼まれごとをされる。

何と、それはバイナリーの「集客」の権利を先生から買いたい、というものだった。要するに、バイナリーオプションの「生徒」を募集し、教えるビジネスだった。

当然、生徒が集まるかどうかは、本人の力量に掛かる。Twitterで毎日宣伝し、フォロワーを集め、注目されるようになれば教わりたい人は現れる。「先生」はそう言った。その額は300万円で、二人で折半して買おう、というものだった。

私は初めて千夏に電話し、高く、可憐な声を初めて聞いた。彼女は、懇願していた。私は教えられるレベルじゃないので、断るつもりだったが、

「教えるのは私がやる。アキ君（私の呼び名）と二人でやりたい。儲けは折半」

と言われた。どうやら、千夏一人でも買える金額らしいが、ギリギリらしい。

一人150万円、私は悩んだ。

しかし、私は声の綺麗な人に弱いのか、またしてもOKを出した。先生にお金を手渡したときは、複雑な心境だった。

しばらくすると、彼女から連絡があり、集客してビジネスをしたいライバルが現れたと聞いた。その人は500万円出すそうで、先生の心が揺れている、と。

私は初めて先生に怒りの電話を掛けた。

「なんか成り行きが詐欺みたいだ。払った150万円は返してくれるのか」

と。すると先生は遂に折れて集客の権利は私たち二人で買い取ることとなった。千夏からお礼のＬＩＮＥが来て、

「もっとお金を出さなくて済んだ。ありがとう。でも、先生をあまり責めないでね」

と帰ってきた。

しかし、千夏はおっちょこちょいらしい。１ヵ月も経たないうちに連絡がきて、バイナリーオプションの集客、宣伝に使っていたTwitterのアカウントが凍結されたらしい。私が、

「もう、集客はできないのか？」

と聞くと、

「もう一個先生の集客に使っているTwitterアカウントを買いたい」

という。後から先生に聞いた話では、千夏は注意されていたにも拘わらず、引き継いだTwitterアカウントで同じような投稿を繰り返したり、いろいろな人にフォローを繰り返し、運営から業者だと思われたようだ。

結局、千夏が先生と交渉して一人75万円を払い、もう一つのアカウントを買う

羽目になった。その際、先生は、

「千夏はやる子だから、バイナリーオプションでも熱くなって次々とエントリーしていた。次はこうならないようにしっかり釘を刺しておく」

と言い、実際、千夏から1時間以上経ってから、

「1時間も注意されちゃった」

とLINEがきた。ちょうどその頃、クリスマス目前だったため、

「サンタさんが集客用のTwitterアカウントを持ってきたらどうする？（笑）」

と聞いてみると、

「サンタさんにお酒を飲ませてあげる！　そうなれば本当に嬉しい」

と言っていたので、

「サンタさんにお酒呑ませたら危ないよ（汗）」

と突っ込んだが、本当に嘱望していることがわかり、彼女の本気度が伺えた。

また、後に千夏から
「昔は一日200回以上エントリーして、借金もしていた」

と言われ、

「先生から聞いてるよ（汗）」

と言うと、

「バレてたか」

と笑っていた。

バイナリーオプションに千夏と私がのめり込んだ理由は一緒だろう。シンプルで、すぐに結果が出る。簡単なようで、奥が深く、まず全勝は無理だと言えるが、5分で8000円以上利益が出るのは、このバイナリーオプションだけだろう。

すべて勝てない理由は、投資家たちの心境によって、あるいはその日のニュースによっても為替の動き方が違うからだ。「先生」や千夏でも6〜7割しか勝率を出せない。しかし、その日のニュース、為替の流れ、投資家たちはどうするかを考えるのは、私にとって、そしてバイナリー仲間たちにとって面白い。そしてやりがいのあることだと思う。そして、利益が出れば、もう言うことはないだろう。

2020年は、コロナウイルスにより、経済が停滞し、私もなかなかバイナリーオプションをできていないが、もし、また元のような日常が帰ってきたら、また必死にやるだろう。それだけの魅力を持った投資であることだけは確かだ。

(15)

千夏は当時、広島市で一人暮らしをしていた。私は西隣の廿日市市に住んでいたので、いつでも車で会いに行ける。そう思っていたら、冬に千夏は実家に帰ってしまった。

聞くところによると、母親が体調を崩してしまったらしい。癌だと聞き、私は心中穏やかではなかった。かねてより、千夏の親兄弟は母親だけと聞いていたからだ。

しかし、彼女は元気だった。

「今日、久々に縄跳びしたよ！」

「今日、甥っ子に会ってめっちゃ可愛かった」

など、かえって良かったのではないかと思うくらい毎日が充実していたようだった。また、その頃から料理の話題も出始め、母親と一緒に毎日料理を作っているようであった。

「今日はグラタンだよ」

「今日は餃子だよ」

「今日はハンバーグだよ！　頑張ってこねるよ！」

と毎日美味しそうなメニューを語る千夏に、私は
「家にいながら稼げて、家事もできるから理想の奥さんになれるよ」

と言うと、

「えへへ」

と照れ笑いしていた。

この頃、私は話のネタが尽きると、

「今何してるの？」

を常套手段として使い始めた。千夏は、それに対して臆することも面倒くさがることもなく、

「お母さんとクリスマスのリースを作っているよ！」

「今は洗濯物をたたんでる」

「年末の大掃除だね」

などと忙しそうではあったが、それでもこちらをおろそかにすることなく、返事をくれた。

「今日はこんな話をしたよ！」

とお母さんに話す千夏の姿が目に浮かぶようで、私の勝手な想像ではあるが、母親公認の恋愛だったのではないかと思う。

⑯

これまで、女の子どころか自分から連絡しないと誰からも連絡さえこなかった私が、千夏が毎日連絡してくれることで、活気が出て、日常生活が変わったことは言うまでもない。

まず朝は前日のやり取りを見返してＬＩＮＥで一通。お昼には返事がきてまた一通。夕方からはリアルタイムで何通もやり取りを重ねた。毎日に楽しみができて、長く、へとへとになっていた仕事もウキウキ気分で乗り切れた。

ときどき職場の上司に自慢したり、時間が空くと、千夏とどんなやり取りをしようか考えを巡らせていた。おそらく、以前より明るい表情でいることも増えただろう。

とにかく、何もかもが「充実」していた。

17

しかし、1月、2月と冬が深まるにつれて千夏は「寒い」と言い出した。冬が寒いのは当たり前だが、千夏の実家は飛びぬけて雪が多い地域であると、そのとき初めて聞いた。

私は小さいころから寒がりなので、彼女のキツさは痛いほどわかった。何せ、小さい頃は朝起きると兄とストーブの前を奪い合い、それでもシーズンに必ず1回以上は風邪やインフルエンザになり、学校を休んでいた。

友だちが投げた雪玉が顔に当たると泣き、子供会でスキー場に行ったときは、室内にも拘わらず、寒さに耐え切れずに泣いてしまった。

大学生の頃にインターネットで寒さに強くなる「コツ」を調べ、実践することでようやく人並みに寒さに耐えられるようになった。そのコツとは、お風呂での半身浴、そしてできるだけ二の腕や太腿を冷やし、血流を良くすること。それを千夏に教えると、

「ここでそれをやると凍えて死んじゃう」

と言われ、確かに寒い地域では自殺行為かもと頭をよぎった。しかし、私は別のことを気にして、千夏にとんでもない「約束」を持ち掛けてしまった。

「休肝日を設けよう」

と。かねてから、千夏の肝臓が気になっていた私は、1日2・5Lもアルコールを呑む彼女が心配でならなかった。だから、二人で毎週日曜日を休肝日にしようと提案したのだ。千夏は快く賛成した。呑む量も減らし、私の好きな日本酒に挑戦するなど、仲はずいぶん良くなっていた。

また、今までお金しか興味がなかった彼女が、私の好きなスポーツ観戦に興味を示し、

「カープ強いんだね」

と話すなど、毎日の連絡で切っても切れない関係になっていたように思う。また、千夏の面白いところは、「自虐」で私を笑わせてくれることだった。はじめは男子サッカーの日本代表の試合について話していたときだ。

「日本負けそうだね（汗）」

と私がＬＩＮＥすると、

「私も出場するよ！」

「え！　あなたも出るの？」

「見てると参加したくなっちゃう（笑）」

「活躍しそうだね。１点よろしく」

「任せて！　ボールと一緒にゴールに突っ込むよ！　ちょっと参加してくる（笑）」


　私は驚いた。発言の天然さもそうだが、体を張って笑わせるのは男である私の役目。それなのに、それを一身に引き受け、頑張って私を笑わせてくれる千夏が愛おしかった。同じようなことは日本代表女子バレー、広島東洋カープの試合を見ているときにもあった。


「バレー今苦しいね」

「ちょっと参加してくる！」

「気をつけて（笑）」

「アタックに当たって鼻血ブーになって帰ってくるよ（笑）」

広島カープの試合では、

「ちょっと参加してくる！」

「デッドボールでも良いからお願い（笑）」

「任せて！　頭に当たってくるよ！」

私も自分色に染まり、なおかつ笑いを取ってくれる千夏との未来しか考えられなかった。

しかし、じきに千夏の容態は悪くなっていった。「超」がつく低血圧に悩まされ、血圧の数値は上72下55にまで下がり、病院通いをするようになった。癌になっていた母親の容態も良くならないことから、

「全滅しそう」

とこぼすこともあった。

「バイナリーできてる？　お金大丈夫？」

と聞くと、

「一回の掛け金を上げて（3～4万円）エントリーしているから大丈夫だよ」

と言った。こんな状況下でも、集中力を失わずに勝ち続けているのは凄いことだと私は思った。

毎日苦しい症状を送ってくる千夏に私は胸が圧迫される思いで祈っていたが、次第に耳鳴り、ふらつきが起こるようになった。私は20歳の頃に、「蝸牛型メニエール病」（耳のなかの渦巻いた「蝸牛」に異常をきたし、耳鳴りや聴力低下を引き起こす病気。原因不明）になり、通院しながら、完治→再発を繰り返し、遂にはあの「メニエール病」になった経験がある。

その頃は、立つと頭痛とふらつきがあり、世界がぐるぐると回っていた。そのため、寝込むしかなく、原因不明の難病であることから絶望していた。前述の通り、Superflyの曲を聞いて元気を取り戻し、気力で治したが、千夏に、

「メニエール病になったんじゃない？」

と聞くと、

「そうかもしれない。耳鼻科に行ってくるね」

と言い、「原因不明の貧血」という診断が下されても、健気に耳鼻科に通い、点滴を受けていると知り、

「とんでもない間違いをしたかも」

と思うようになった。しかし、状態について、

「世界がぐらぐらして、耳鳴りがするよね？」

と聞くと、

「そう！　しんどいよ」

と返ってきて、症状はそっくりであると確認できた。私はいろいろネットで調べ、失敗の穴埋めと、千夏の回復のために良い答えを探したが、病院の先生が分からないことを素人が知ろうとするのは無謀だった。そして、せめてもの助言として、私は彼女に、

「夕飯に炭水化物が入ってないけど、ちゃんと取ってる？」

と聞くと、

「太るからあまり取りたくない。50kg超えたら泣いちゃうかも」

と言った。しかし、命に関わることなので、

「炭水化物を取らないから低血圧になっているのかもしれないよ。できれば取ってほしい」

と忠告したが、

「じゃあ、朝昼だけ取るね」

で完結してしまった。

千夏には祖父がおり、体調が悪いなか、

「祖父が怖いから」

という理由で雑用を手伝わされていた。私が、

「毎日仕事に行くと生活リズムが整い、調子が良い」

と言うと、

「わかった！　おじいちゃんの会社を手伝ってくる」

と言うので（千夏の祖父は実家の近くで会社を経営しているらしい）、

「今は通院を頑張って。お母さんのために実家に帰ったんだから、そばにいてあげて。自分が治るだけなら広島市に帰り、大きい病院に行けばいいでしょ」

と諭した。

⒅

ある日、千夏から連絡が来て、

「卵を電子レンジで温めたら火傷した。びっくりした！」

とＬＩＮＥがきた。これは、数年前に話題になった
「生卵を電子レンジで温めると爆発する」

という現象である。私はそのニュースを見ていたので知っていたが、どうやら千夏は知らなかったらしい。おっちょこちょいなところも可愛いなと思いながら、

「数年前にニュースで大騒ぎになっていたよ」

と返すと、

「そうなんだ。知らなかった。いきなり爆発して、とてもびっくりした！」

と返ってきた。テンションが高いので、大した火傷ではなさそうだったが、

「顔にかからなくて幸いだったね」

と言い損ねてしまった。

千夏が実家に帰り、

「お母さんの車で買い物に行ってくる」

というＬＩＮＥが増えた。元々彼女が一人暮らしをしていた広島市では確かに車は必要ないが、彼女に、

「車の免許は取らないの？　オートマでも取ればだいぶ楽だよ」

と聞くと、

「私は取らないかな。そこら中にぶつけそう」

と言った。

思わず笑ってしまいそうだったが、千夏は「やる子」なので、そうかもしれないと、それ以上説得はしなかったが、実家では自由に遊びに行くこともなく、不便な思いをしていたことだろう。

実を言えば、私も一時、事故が多く、ＰＴＳＤになるほどだった。それでも、車の運転が必須の山奥に住んでいたため、諦めなかったことで、ようやくゴールド免許に手が届きそうなところに来ている。

千夏にそのエピソードを話し、説得して免許を取らせてあげて、自由に動き回

れるようにしてあげるのも良かったのではないか、と今更ながらに思う。

千夏は耳鼻科で点滴治療を受けていたが、良くならずに、入院が決定した。そう告げられると、

「最後に電話する？」

と持ち掛けたが、翌日の朝に返事がきて、

「今から突然入院が決まった。電話は元気になってからまたしよ」

と返された。２０１９年４月５日、千夏は入院のために連絡を絶った。最後の言葉は、

「頑張って治してくるね」

だった。

⑲

それから私は待ち続けた。別れを惜しむ曲をずっと聴いていた。『恋愛写真』（大塚愛）、『ビューティフルデイズ』（コアラモード）、『ただ…逢いたくて』（EXILE）、『桜色舞うころ』（川江美奈子）、カブトムシ（aiko）……。心は祈りながらボロボロになりそうだった。

アルコールを止めさせたために冬を乗り切れなかったのか、また、廿日市の家に千夏と母親を呼び寄せれば良かったのか、でも元気に帰ってくればすべて報われて千夏と一緒になる。

そう考えていたが、3ヵ月後、千夏との唯一の連絡手段であるLINEの顔写真が変わり、私は悟った。もう、彼女はいない。一応連絡をしてみたが、新しい「彼」との連絡は取れなかった。

私は、休止中の彼女のアカウントが写真の人物に乗っ取られたのではないかと考えた。いずれにせよ、もう彼女との連絡は取れない。

私は、ショックで千夏とのＬＩＮＥトークを消してしまい、今は薄れていく想い出をこうして綴るしかない。

しかし、千夏と出逢ったことで、私の認識が変わった。以前は、障害やコンプレックスを告白すると女性は皆逃げてしまうものだと考えていたが、彼女みたいに理解を示し、受け入れてくれる人もいる。

今は障害や背が低いことをオープンにして婚活を続けている。もちろん、苦戦は避けられないが、隠すのは良くないという考えは変えるつもりはまったくない。今でもバイナリーオプションは続けている。毎日アドバイスをくれる「先生」と共に、まだ下手なままだが毎日取り組んでいる。それは、千夏が遺した「唯一の道標」だからだ。これで障害年金に頼らない日がくるかもしれない。今はただ、精進あるのみである。

「集客」は千夏がいなくなったことで、大きな失敗に終わった。大金を払ったのも、千夏の気を引き、いずれ結婚できればと思ったからだ。それは叶わなかったが、この本を書いている現在、「先生」が新しいTwitterアカウントを作り、「集客できる」ようになれば、人に売り、お金をとり返そうと鋭意奮闘中だ。

コロナウイルスにより、今はバイナリーオプションを薦める時期でないため、もう少し先の話になるが、「先生」との二人三脚は今も続いている。

結果として、障害者であることを後々に千夏に告白したが、今はそれはまずいと思い、あらかじめプロフィールに書くようにしている。彼女のように障害に理解のある人でないと長続きしない気がするからだ。

今は「障害者」として恋活、婚活をしているため、相当苦戦しているが、腰を落ち着けて、理解のある人を探している。

この病気がなければ偏見もなく、もっと稼げるのにと思う反面、病気のおかげで周囲の人は優しく、また定時で帰れる会社に入れて「千夏」に出逢えた。何事もプラスの面だけでなく、マイナスの面があるのは仕方のないことだと思う。

しかし、トータルで見ると自分しか見えなかった私が周囲の人の優しさを実感し、少しずつ成長できていることだけでも大きなプラスであり、また投資や「千夏」との想い出を手に入れたこの運命は大きなプラスであった。

今では兄もバイナリーオプションに取り組み、父親も株の勉強をして、家族三人、夢に向かって走り出している。この運命はプラスに働くかマイナスかはわからないが、努力する目標に出会えたこの体験に感謝している。

願わくは、投資で成功を収め、今度は私が誰かを幸せにする日が来ることを!

追記（1）

統合失調症について、私は治すことができなくても、ある程度コントロールし、日常社会に溶け込んでいくために、段階を踏んで「リハビリ」していく必要があると考える。

まずは、病気を周囲にカミングアウトし、理解を得ること。隠してしまうと、周囲の人も理解できないだろう。もちろん、これが一番難しいことであるのは事実だが、特に長い時間を共にする人には伝えて、一緒にどうしていくか考えるべきだろう。

私の場合、最初の会社でやせ我慢して体調がどん底まで落ち、体力もほとんどなくなったが、2番目のA型作業所で4時間勤務という勤務体系、そして体調を気遣ってくれる職場にいたことで、最初は疲れていたが、徐々に病気をコントロールでき、また体力も戻り、6時間勤務+通勤時間行き帰り2時間を毎日こなせるようになった。

また、その後はさらにステップアップし、隔週で土曜日出勤の正社員にまでなった。とにかく、「できるようになりたい」という欲を持つことと、時間を掛けてステップアップすること、治るためにいろいろ調べたりして常にチャンスを伺うことが重要と考える。

しかし、だめになりそうなときは休んでも良い。私も今の会社で医者の診断書を提出し、1ヵ月休職したこともある（もちろん、人に迷惑が掛かり、褒められた行為ではないが、私はポジティブな失敗と捉えている）。

気に病むより、ちょっと背伸びして挑戦してみること、危ないと思ったら休むこと、一旦壊れても、ゆっくりとまたリハビリの段階を踏んでいくこと。これが大事と考える。

追記（2）

ADHDについて。私の場合、確かにすぐ集中が切れるし、享楽的でお金が貯まるとすぐ使ってしまう。しかし、頭の回転が速く、ときどきではあるが人が思いつかないような冗談が言えたり、こうして小説を書くこともできる。

小学6年生のときはキーボードでひたすらクラシックにのめり込んでいた。好きなことには異常な集中を発揮することも特徴なので、早い段階で自分の特性に気づき、それが生かされる道を選び、進んでいくことが一番重要と考える。

私の場合は、20代後半になって、ようやく自分が能動的に頑張れるのは一人作業で正解のない仕事、そして誰もが進める道でなく、少し難しい仕事のほうが意欲が湧き、最大限の集中ができるのだと気づいた。

正直言って気づくのが少し遅いが、そこは統合失調症の治療と同じで人と比べるのではなく、ゆっくり、自分のペースで進めていくつもりだ。

今回、この小説は処女作であるが、時間を忘れてパソコンの前に向かい、何とも言えない高揚感とともに進めることができたのは、おそらくこういう仕事が自分に合っているからではないか。売れっ子になり、賞を取ることは考えていない。

この過程が毎日楽しく、自分の足跡をこういう形で残せることが嬉しくてたまらない。もちろん、文章を作り出していくだけでも楽しく、ネタさえあればもっと書いていたい。

それまでは漠然と日々を過ごしていたが、毎日充実するようになったのも、安定した職と大きな可能性、そして好きなことを仕事にできているという三つの要素が揃っているからであり、すべてにつながっているのは、いくつになっても「夢」を追い続けているという姿勢ではないか。

たとえ病気でも、前述のようにポジティブに捉え、すべてを「夢」を追うエネルギーに変えてゆく。それこそ、28歳で私が悟った生き方である。

追記（3）

「別れ」について、私が少年時代に経験した別れは、すべて身内で葬式にも参列した。

そして、何度別れが来ても、少年故にそれが永遠の別れであることがわからないまま見送っていた。しかし後になり、段々と実感が湧き、徐々に胸が締め付けられたものだった。そして、最後には段々と大切な人たちを「忘れてしまう」ことで、自分のなかで別れを消化してしまっていた。

しかし、千夏との別れは突然だった。そして、もういい大人になってからの別れだった。衝撃、胸の圧迫感はすぐにきて、そして忘れ去るという選択肢がない今、こうして想い出を綴り、記憶と記録に残すしかない。幸い、千夏に関しては、「亡くなった」という訃報が届いたわけではない。

どこかでまた会えるかもという期待は今でもある。しかし、別れてからもう1年以上経った今、その望みも薄い。いつか想い出だけが癒しになるかもしれない。

最近、それでも良いと思うようになった。

以前は、大切な人を「忘れていく」ことで日常を取り戻していった自分が、何度絶望に襲われようとも、「絶対に忘れない」という選択をし、時間による解決ではなく、「過去の辛い体験が今の自分を形成する」ことを学んだのは、大きな前進だったと思う。

もちろん、今までの「別れ」について今回綴ったのもこれ以上忘れないためであり、大切な記憶だからだ。これを持って、また大事な人を作る。これが今の私の答えだ。

エピローグ

私の「バイナリー彼女」と過ごした期間は半年だったが、今までにない、夢のような期間であり、実際夢と消えた。

しかし、今まで友だちも男しかいなかった私が女性と恋愛をして、こんなにもわかり合えるようになったのは大きな進歩だった。

千夏は、まだ障害者に理解の少ない現代において、本当に優しく、面白く接してくれた貴重な女性だ。自らも精神疾患を抱えていたためであろうか？　そして私は彼女に何か返すようなことはできただろうか？　もちろんバイナリーオプションの「集客」という彼女の望みは叶えた。しかし、私には「お金」以外に何の魅力があっただろう？　その答えを掴みかけて、そして手のひらからこぼれていったような半年間だった。

私は、この半年間の出来事を通して、いろいろ考えさせられた。お金を稼ぐことの大変さ。予定通りに物事は運ばないこと。そして、千夏の気持ち。おそらくは、彼女は「先生」みたいに成功し、「先生」みたいに誰かに愛を届けたかったのかもしれない。

それを共に成しえなかったことは残念だが、この新型コロナウイルスにより、投資ができなくなったことを考えると、やはり予定通りには物事は進まず、そのときそのときで苦労して、知恵を出して乗り切ることを何度も繰り返すのが人生なのだろう。

「先生」や千夏は投資だけで生活する、という夢を叶えたが、気が小さく、運の悪い私は別の夢を叶えるのが運命なのだろう。これからも汗水流して、頭をフル回転させて幸せな人生を追求していくつもりだ。

バイナリーオプションは、副業として続けるつもりだ。千夏はもういないが、私には「先生」と兄がいる。共に高みを目指していけるはずだ。

年表

1991年　広島県廿日市市に双子の弟として生まれる。
手術にて低体重児として生まれ、当初は保育器にて育つ。
1998年　入園時期は不明だが、保育園に在籍。
小学校（保育園の隣）に入学。
1999年　母方の義理の祖母を6・29豪雨災害にて亡くす。初めてテストでクラス最高点を取る。
2003年　初恋をするが、好感度を上げたり、告白するなどの考えはなく、時が過ぎる。
2004年　小学校を卒業。
中学校へ入学。2度目の片思いをするが、行動を起こせず。
2005年　父方の祖母を寿命で、その四十九日の日に母を自殺にて亡くす。母方の祖父も半年後に亡くなる。これで祖父母は全員いなくなる（父方の祖父は私が生まれる前に亡くなっていた）。
２００７年　中学校を卒業。高校へ進学。
２００８年　通信制高校へ転入。ネットゲームに明け暮れる。
２０１０年　通信制高校を卒業。大学へ入学。
２０１２年　メニエール病を発症。ＡＤＨＤの疑いで病院を受診し、統合失調症と診断される。留年が決定。
２０１３年　ゼミへの配属が決定。
２０１４年　同級生の卒業を見送る。卒業研究に取り掛かる。
２０１５年　大学を卒業。全国転勤のある土木の会社に入社。半年で退社。
２０１６年　二つ目の会社に入社（パートタイム）。文章力を高く買われる。
２０１８年　地元の印刷会社（正社員）へ転職。バイナリー彼女と出逢う。
２０１９年　彼女が入院し、連絡が途絶える。３ヵ月後にＬＩＮＥの顔写真も変わる。
２０２０年　正月休みに小説を書き始める。

あとがき

2020年、このノンフィクション小説を書いているこの年は、新型コロナウイルスにより、多くの人が苦しみ、また生活面での制限を余儀なくされた。外出自粛、マスクの着用、テレワーク……。今までの安全神話は崩壊し、やりたいことも出来なくなった年だと思う。個人的にもバイナリーオプションが出来なくなり、ただただ家と会社の往復。そして、多くの人がそうであるように家でじっとしているだけの時間が増えた。インドアの趣味は遊びつくし、今やこの本を書く作業だけが夢中になれる。

しかし、そういった状況だからこそ、不安な時間、将来のことを考える時間が増えた。そして、その時間こそが大切であると思わされた。

私は忙しい毎日の中で、興味ややりがいから、バイナリーオプション、そして恋をした。そして、自分の体験を本にするという「夢」もこうして叶えようとしている。さて、次は何をしよう。また、相場が安定すればバイナリーオプションを研究し、一喜一憂する日々が始まるが、将来の「なりたい自分」を再構築し、また未来へ進んでいくつもりだ。そして、この本を読んでいただいた人たちに、夢を叶えるためにアクションを起こして欲しくて、こうして今、ボールは投げられた。多くの人が「人生を変えた！」とボールを投げ返してくれれば、こんなに嬉しいことはない。

著者紹介

宇佐川昭俊（うさがわ あきとし）

1991年、広島県廿日市市に双子の弟として生まれる。幼少期より色々な習い事を経験し、また、社会人になってから投資と恋愛にのめり込んだ経験が、今回、この作品に込められる。本作品が処女作となる。

バイナリー彼女《かのじょ》

2020年9月5日　第1刷発行

著　者　　宇佐川昭俊
発行人　　久保田貴幸

発行元　　株式会社 幻冬舎メディアコンサルティング
〒151-0051　東京都渋谷区千駄ヶ谷4-9-7
電話　03-5411-6440（編集）

発売元　　株式会社 幻冬舎
〒151-0051　東京都渋谷区千駄ヶ谷4-9-7
電話　03-5411-6222（営業）

印刷・製本　シナジーコミュニケーションズ株式会社
装　丁　　田中美希

検印廃止

Printed in Japan
ISBN 978-4-344-92958-6 C0095
幻冬舎メディアコンサルティングHP
http://www.gentosha-mc.com/